새를 물었습니다

안미숙 제2시집

시옴사
시사랑음악사랑

시인의 말

나는 청소하는 사람
일을 하고 있으면 가야 할 길이 보인다
쓸고 닦은 곳 윤이 날 때 느끼는
안락함과 편안함으로 이 길을 간다
내가 왔던 곳이고 내가 가야 할 곳이고
내가 살고 싶은 곳이다
분별이 사라지는 곳이고
걱정이 사라지는 곳이다
치워도 다시 어질러지는
아픈 마음, 못된 마음 다 받아주니까
나를 여기 버린다

시인 안미숙

* 차례 *

시인의 말

1부 사람이 좋아지면

* 차례 *

2부 주홍글씨를 빌려줄게

* 차례 *

3부 등푸른생선처럼

1부 사람이 좋아지면

아요!

슬쩍 마음 옮아앉은 사람들 경을 읽습니다
누가 부려놓은 사연 아픕니다
진실은 자주 변했고
진심은 자주 흐려져
인연은 테두리만 만지다 가기도 합니다

걸어온 날 돌아보면 표정 흐려지는 얼굴
더는 아니 만나고 싶어지지요
나란히 걷고자 할 때는 손가락 자주 거는 게 아니랍니다
조용히 맞추는 보폭과 속도가 중요합니다

지나치는 풍경이 거는 말 같이 나누면
먼 길도 단숨에 가고
사람이 좋아지면 관심 밖 일상 뜻밖의 감사 되지요

극적인 감동은 영화나 소설에만 있지 않아요
볕 좋은 올가을에는 우리 서로를 찬찬히 읽어볼까요
먼데 종소리 가까워질지도 모르잖아요

미인

꿈을 꾸었습니다
사람들은 그것을 누구나 원하면서 헛되다고 합니다
세상에 없다 하나 마음에는 있는 길
하나만 꿈꿉니다

생각으로야 어떤지 몰라도
단 한 번 말로도 보이는 것 욕심내지 않고
어떤 표정으로도 상처 주지 않는
다정이 몸에 밴 사람입니다
길을 갑니다
사월 가고 오월 가고
계절이 자리 옮겨 다녀도
길 잃지 않고 찾아오리라 믿는 봄이지요

가끔 낯선 장소에서 그를 만납니다
언제 새기고 간 그리움인지
나 몰래 다녀간 흔적 가슴에 남아
앞서가는 뒷모습만 봐도 단번에 알아봅니다

꽃 피어도 오고 꽃 져도 옵니다
가을 산문 나서는 다 저문 하늘도 붉어져서
이미 나는 아름다운 사람을 가졌습니다

멀리서 흔드는 손

사랑은 멀리 떨어져 핀다
어느 날 창밖에 내리는 빗방울에 마음 씻고
모르는 사이 봄이 도착한 나뭇가지를
보았을 때
설레어 물끄러미 바라보던 곳에

한겨울에 눈꽃 피우기도 한다
꽃이라고 우기며 하늘 끌어다 쓴 말
금방 녹을 이름 뱉으며 가슴 뜨겁다

너는 내게서 먼 사람
저녁이 내리는 숲 가지 사이 걸려 있던 햇살
밤마다 강물에 몸 씻고 돌아가는 별
어깨 툭 치고 스쳐 간 바람
그따위 사소한 농담에 일렁이곤 한다

가만 바라보는 것으로
풀 죽은 잎을
싱싱하게 씻어놓았던 것들
죽지 않는 그들의 힘으로 나는 살아간다

가을밤

자정을 알리는 시계 소리
선잠을 흔듭니다
창밖 남은 단풍 몇 닢 몸 부비는 소리
바람 지나는 줄 알겠습니다
섣달이 오는 모양인지
강에 멱감는 달빛 더욱 희고요
물소리 차갑습니다
이층에 사는 젊은 부부 마음 맞추는 중인지
토닥거리는 소리 벽 잡고 내려옵니다
별과 별 사이 건너가며
그리운 당신 청진하기에도
딱 좋은 가을밤입니다

먼 길

사람까지는 길이 멀다
사람까지는 길이 멀어
사람에게 가려는 사람은 그래서 아프다
조그만 가슴으로 우주만 한 그것 하나 담는 것
어렵고도 위대한 일
내 거기에 이르러 맞는 아침이
살아 가능키나 할 일인지
무너지는 일에 익숙해질 리 없지만
일어나 걷기를 반복한다
무슨 이문이 남아 가는 길 아닌데
줄곧 걸어간 어디쯤
훤히 떠오르고 있을 그리움 생각하면
아픔도 아름다워
상처 입으며
상처 입히며 물어갈 수 없는 길 여러 번
꿇은 무릎 세워 어둠 헤치고 간다
어디에나 있지만
어디로 가야 할지 알 수 없는 거기

누군가

나에게 그곳은 한 걸음 밖이라 했다

떼

내 죽은 뒤 봉분에 정 입힐 생각 마라
지금 내게 준 마음 하나면 충분하다

우산

누가 가져가기 전 나는 어둡다
갈비뼈 접고 늑골 가득 채운 외로움
다다를 수 없는 그리움이 커간다

나를 가져다 쓴
머리 젖는 사람에게
사람 힘으로 어찌 못 할 일 생겨도
손 꼭 잡은 온기만큼 빗물 받쳐주고 싶다

내 안에 든 그가 상쾌하게 말라 있으면
내 젖어 있어도 횡격막 들어 올리고
따뜻한 숨 이어갈 수 있으리
지금은 아무도 찾지 않는 혼자만의 시간
숨 꾹 참고 검은 안개 속을 건너간다

누가 날 필요로 할 그날
웅크린 마음 펼칠 생각에
실비에도 나는 활짝 웃겠다

드라이브 스루

가까이하기 너무 위험한 사랑이라
우리 이만큼 떨어져서
비록 짧은 정차로 이루어지는
눈빛 교환이지만
그래도 사랑하고 있음을 확인해요

세상에 거리 두어야 할 것 많고 많지만
늘 어기고 살기를 두려워하지 않았지요
그러나 이쯤에서 마음 자제하고 보니
우리 아쉬운 사랑 더 깊이 느껴지는 것을요

스쳐 가는 계절이 남겨 놓은
잊지 못할 향기처럼
서로에게 지워지지 않는 기억으로 새겨지는
우리 마음 검체 결과는 양성이래요

약속 없이 만나도 성가시지 않고
한동안 못 봐도 잊히지 않는
당신의 정거장을 돌아나가는 나는
사랑의 확진자예요

한 마리 물고기

오래 기억하라고
스쳐 가는 만남도 심장에 칼집 넣고
소금 뿌리는 것으로 생각한다

악연이든 필연이든 우연히든
이별은 해풍에 마른 북어
거칠어진 기억 속 얼굴이지만

밥상 위에 올라온 염장 고등어
잘 구워진 살점 뜯어 오물거리면
재워둔 눈물, 입안 가득
오래전 당신이 내게 와 짭조름하게 퍼지는 것

곁에 그대 없어도 두고두고
심해를 휘젓는 한 마리 물고기
살짝 말려둔 비린 바다가
서로의 가슴 속 깊은 곳으로 지느러미 흔들며
언제든 어디서든 헤엄쳐 오는

그대에게 바치는 것

그대에게 나를 바치는 것은
모두 주고 싶어도 줄 수 없는 것이라서
그대 생에 가장 찬란하고 아름다운 한 때
푸른 잎새로 돋아 손잡고 살았으니
나는 좋아

완벽이란 그저 계산 없이
부단히 만들어가야 생기는 영원
멈추고서야 어찌 완성될까
마음을 밀어 힘껏 그대 원하는 곳으로 나는
잡았던 손 놓고 떠날 수 있으니
이 기꺼운 이별도 나는 좋아

도타운 마음 그대 발목을 덮어
식지 않는 온도를 맞추며
삭풍에 떨고 있는 발아래 조아리고
그대 올려다볼 수 있으니
준 것은 조금인데 가슴 따뜻하여
나는 좋아

당신은 서쪽에 있습니다

나를 드문드문 사랑하는 세상 향해
두 팔 벌려 봅니다

그늘이 의자 옮겨 앉으면
마음에도 석양이 지겠지요

오후 두 시의 자오선 뜨겁게 태우던 가슴
서서히 식어 얻는 평화란 것
바깥이 꺼져야 더 잘 보이는
사람의 집 거실 등만 같습니다

나는 기울어져 기대기로 했어요

목젖에 걸린 그대를 삼키고 부신 눈 감으면
태양을 품은 우주처럼 어두워져서
거기 서쪽에서는 아름다운 당신
더 선명하게 보일 테니까요

해우소

가끔 달 보며 똥 마려운 강아지처럼 짖습니다
환한 정면이나 절반이 궁금한 측면이나
때로 앵돌아져 슬며시 비취는 표정까지
그대 얼굴 닮은 이유이지요

언제나 누가 내게 왔다가 갈 때는
개운하게 가셨으면 좋겠다고 여겼는데
이제 먼 당신 먹은 마음 다 풀고 가
지금 편안한지요

먹는 것만큼 중요한 것이 배설이라 하였지요
볼 일은 생리적 욕구라 참는 것이 아니라던

아직 풀지 못한 무엇이 있어
이 밤 쪼그려 앉아 어둠 속 그림자 싸는 달빛과
봄바람에 급하게 꽃 똥 싸는 저 매실나무처럼
그대 함께한 추억 시원하게 누고 있는지요

떠올리면 현기증 일던 옛 시절
여태 가슴 안에 들어차
울컥울컥 올라오는 잔향 때문에
가끔 도취하곤 하였던 것
그예 내게 누고 간 사랑 그리움으로 발효되어
마음 밭 늘 기름진 까닭이겠습니다

좋은 사람

가슴에 서슴없이 난을 치네
자꾸만 휘어지는 쪽으로 꽃이 피네

그리움 돋으면

아무 일도 일어나지 않았음에도
그 녀석 마음이란 놈
철모르고 핀 꽃처럼 그리움으로 돋으면
먼 과거 불러와 말 걸겠지

안부 따위 궁금해하지 않고 지낸 지 오래건만
당신은 나 없는 그곳에서
나는 당신 없는 이곳에서
새삼 변해버렸을 모습 궁금해

눈 감지 않아도 안 보고 잘 지내왔는데
눈 뜨지 않아 못 보고 산 것처럼
제 안에서 이는 마음
제 밖에서 불어온 듯
바람처럼 먼 서로를 흔들어 깨울 테지

보고 싶다
그대가 가끔 내 안에 다시 돋는다

봄인데 왜

마음 지면 끝인 줄 거기서 보았습니다

당신, 빨리 시드는 꽃인 줄 미처 모르고

질 것을 걱정하지 아니하였던 것

그대여 좋은 날은 잠깐..... 이군요

향기에 취해 마냥 즐겁던 시간

짧고 허무한 꿈처럼 깨어지고 말았습니다

언제까지나 누릴 수 있을 거라는 행복한 착각이었습니다

꽃물 들자 당신은 어찌 가을이라 하시는지요

내민 마음 부끄럽게 바스러지는 낙엽입니다

잡은 손목 뿌리치고 고개 돌려 가시는 길에

지는 꽃잎 소인 찍어 보냅니다

마지못해 보내는 이 마음 잊어도 그만

잊지 않아도 그만이면

그때가 나는 가을이겠어요

귀향

건설사 박 사장은 천수를 살 것처럼 굴고요
이웃집 할배는 다음 생에도 이고 지고 갈 것처럼
움켜쥐고 사는데요
해마다 면사무소 앞에는 이름 없는 돈다발이 놓여 있어요

숲에는 이생에 손을 놓고
마지막을 태우는 잎새들 수두룩한데요
누구에게나 가을은 오고요
겨울은 거부할 수 없지요

계절이 주는 대로 받던 산은 옷을 벗어
대지 위에 개켜두고요
노을 지는 저녁엔
누가 돌아오지 못할 강 기꺼이 건너는지
물소리 가만 어둠을 토닥입니다

우리 연애할까요

낯선 여자와 낯선 남자가
경계 풀고 친근해지는 건
서늘한 바람 탓이라고 해볼래요

밤하늘 별처럼 빛나는 존재로
누군가에게 추파 던지고 반짝이는 건
다 계절 탓이라 할래요

들길 코스모스 하늘하늘 요염 떨고요
은행도 제 가슴 알알이 털어내잖아요
먼 산 곱게 물든 단풍
깨 털던 아낙의 마음 앗아가고요
산 목덜미 붉게 물들어
멋쩍은 눈꺼풀 내리면
달빛도 눈감아 주는 가을밤이에요

우리 연애할까요
가을이니까요
마음 좀 털려도 괜찮아요

2부 주홍글씨를 빌려줄게

훔치다

훔쳐 바른 것 몸속에 있다

세월의 강물로는 젊음 떠밀려 가고
마음속 강물로는 꽃잎 떠밀려 가도
훔친 햇살 한 줌
바람 한 자락
들이마신 공기 한 모금 그리고
사람
사람
사람

디딘 마음 흙 삼아 가슴 속에 자란다

주홍글씨를 빌려줄게

세상이 주목하는 네가 되고 싶어?
그렇다면 말이야
살인의 추억 같은 강렬한 낙인을 찍는 거야
비가 오는 날이었어
비에 젖을 수밖에 없는 곳에
지켜 줄 이 없이 서 있었어
노랑도 빨강도 비껴간 주홍의 길
갈지자로 걸으며 흠뻑 젖어 든 거야
시킨 적 없는 죽은 시간이 배달되었어
나 말고 딴 사람
나 아닌 그 사람 꼭꼭 숨은 마을
나라서 지목당한 어눌한 세상의 제비뽑기
아무렇게나 적은 죄목을 이마에 새겨 넣었지
마구 잡은 염소처럼 어딘가 노린내가 났어
음모를 키우면 진짜가 돼
아무도 나서지 않으면 아무것도 달라지지 않는
확실한 수갑을 차
너도 한 번 이마에 새겨 볼래?
피어싱처럼 유행을 만들어 줄게

돌고 도는 억울함을 경험해 보는 거지
도둑맞은 세월에 오래 갇혀 있어 봐
세상이 얼마나 진실에서 먼지
날 가리키던 손가락 널 가리킨 이십 년
그리고도 십 년을 더

그대를 나에게 보내도

머물지 않는다는 것을 알아서
나는 정답 알지 못하여
자신에게조차 단언하여 일러주지 못하여도
지금은 지금의 생각으로 지금을 얘기하네

내일의 내가 받아보면
피식 웃음 터질지도 모를
다소 엉뚱하고 순수함이 남아 있거나
아직 여물지 못한 마음이려니
그래도
있는 힘껏 지금을 사랑하며 받아 적으리

누군들 지나가 보지 않은 시간
미리 측량하여 정확히 예측할까
지금은 지금의 확신으로 아직
오지 않은 내일의 나에게 나를 보낼 뿐
어떤 계산으로 살지 않으려네

그대가 그대를 간절하게 나에게 보내도
닿는 그곳은 천천히 조금씩
먼 후일이고,
그 먼 후일에도 다 닿지 못할 수도 있지마는
기대 놓지 않고 다가오고 있는 것처럼
그래, 나는 그대를 안아지는 만큼 안으려네

꽃을 보내는 일

돋는 것도 사랑이요, 썩는 것도 사랑입니다
꽃 필 때 나던 향 꽃 질 때도 나건만
처음과 마지막이 같지 아니합니다
변해 버린 것이 마음인지, 세상인지
향기로울 때도 있습니다만 고약하게 변하기도 하여
시드는 것보다 빨리 마음에서 멀어집니다
찬란한 계절의 끝으로 언젠가 꽃은 지고
지는 꽃잎 따라 마음도 따라지거늘
취하여 사는 날은 뒤를 생각하지 않습니다
꽃을 들이는 일은 꽃을 잘 놓는 일
꽃을 놓는 일은 들이는 일보다 더 어렵지만
보듬어 안아야 보낼 수 있습니다
피어 함께 한 날들만큼 소중한 순간
쉬이 가슴에서 잊히지, 말일이지요
성한 것도 때가 되면 상하고 말아
미련은 떠는 것이 아니라 보내는 것이지만
성한 것이 상해갈 때 마음 한 조각 들려 보내는 일

꽃을 볼 수 없어도 꽃을 맡을 수 없어도
만져지는 일이기에 꽃을 보내는 일은
꽃을 들이는 일과 다르지 않습니다

로맨틱한 상상

햇살 좋은 날 소파에 앉아 얼굴 따원 보지 않는 남자와
턴테이블에 LP판 올려놓고 들으며
어깨 기대고 한잠 자야지
잠결에 잠깐 깨면 서로의 머리를 쓸어주며
간혹 창밖의 풍경 넌지시 건너다보기도 하고
어제도 내일도 없는 사람들처럼 지금을 사는 거야
만약에 비가 온다면
무성영화 한 편 틀어 놓고
영화 속 주인공처럼 사랑을 나누는 거지
빗소리는 배경이 되고
세상에 단둘밖에 없는 것처럼
세상이 단둘을 위해 있는 것처럼
체취에 고개 묻고 하나의 몸이 되는 거야
시간은 무의미하고
먹고사는 일도
살고 죽는 일도 빗소리와 떠내려가고
하나 걱정 없는

그런 거

마음속 어딘가 너도 있고 나도 있지
정분이 나야 아는 연분 같은 그런 거

세상이 무서워할 수 없던
도덕적 가치와 사회적 규범 따위에 묶여
혼자 재단하던 타인의 거리
시대착오적 제도 무너뜨린 세월에

가볍다 여겨져 꺼리던 그런 거
쉬워 보일까 봐 망설이던 그런 거
행동하는 동시에 사색하는
합리적 사고로 선회한 그런 거

지금 어둠 속 어느 청정한 물가 반딧불 날고
꽃과 나비 흘레붙어 정겨운 한마당
거부 없는 흐름에 역동적인 어울림
네가 거시기라 말하면
내가 거시기라고 알아듣고 답하는
딱 그렇고 꼭 그런 거

꽃빵 굽는 집

해 뜨는 쪽 창을 내고
그대 생각 그득히 부풀어 오르면
생각에도 물이 고여 피는 걸 알게 된 건
물오른 숲, 나무들 손맛 덕분이었죠

꽃 틀에 저마다 다양한 마음 풀어 넣고 품은 시간
봄바람 부는 어느 날 발효된 땅 불 지피기 시작하면
온 동네 빵 굽는 냄새로 새벽이 들썩거려요

들숨은 상쾌하고요
날숨은 평화로워요

너나없이 발걸음 이끌고 모여드는 건
동나기 전에 맛보고픈 기대감이 터지는 이유이지요
어제는 멀리서 풍기는 매화 꽃빵 냄새만 맡았더랬죠
그니 집에 가면 오늘
잘 구운 벚꽃 빵 한 입 할 수 있을지요

내게도 봄이 와 무슨 꽃빵 하나 구워 내놓을까요

서둘러 마음을 반죽해봅니다
그대 오는 길목에 야생화 하나 피었거든
당신만을 위한 작은 빵집 오픈 한 줄 아시어요

장마를 건너가며

기쁨도 슬픔도 나누어야 반이 된다고
속으로 삭이지 말라 하지만
내 흐르는 눈물 참아 홀로 울며 아픈 것은
이 가슴앓이
그대에게 전염될까 저어하는 까닭입니다

무슨 사연으로 하늘은 오십여 일 통곡하는지
어쩌면 나와
또 비슷한 누군가처럼 너무 오래 참은 마음
있는 모양입니다

우리가 서로에게 물푸레나무 그늘로 살아서
작은 것 품어 안아주고
푸른 마음 닮아서 흐린 눈 헹구어준다면
거친 강물도 어렵잖게 건너갈 텐데
또 지나면 쉬이 잊어버리는 실수에
눌러둔 가슴 흥건 젖어 듭니다

참아야 할 것은 눈물이 아니었던 듯합니다
서투른 것은 부끄럽지 않으나
서투름에 머무는 것은 잘못이기도 하여
부족함을 반으로 나누는 일이 먼저
할 일이었음을
장마지고 넘치게 알아갑니다

두물머리에서

그립다면 만나야 한다
우리 그래야 한다
어느 쪽에서 오든 내가 가는 반대쪽에서 너는 오고
마주할 시간을 향해 흐르는 것이다

하늘엔 별 하나가 별 하나를 만나 은하 건너고
정원의 꽃은 피어서 나비는 향기 위에 머문다
스치는 바람에 나무는 오래 흔들린다
불러주지 못한 이름으로 무엇이 되지 못한 우리는
조용한 어느 저녁
사람들이 낮은 지붕 아래 모여 따뜻한 밥 나눌 때
석양이 물드는 강변에서
그리운 가슴을 열어 서로에게 주어야 한다

홀로 외롭던 어느 아프고 힘겨운 날에
젊음은 가랑잎처럼 젖어 떨어지고 말아
야위고 초라한 저문 시절이 당도하니
무엇을 꿈꿀까 두렵기도 하겠지마는
그러한 걱정은 잠시 세월에 맡겨두고
편하고 다정한 얼굴로 서로를 보듬어야 한다

머무는 것은 잠시여도 여운은 길게 남는 법

어제는 너무도 빨리 가버렸고
내일은 아니 올지 모른다

더 깊은 밤이 오기 전에
그립다면 만나야 한다
우리 그래야 한다
이제 가만 머리 맞대고 앉아 그리운 서로의 이름
불러주어야 한다
그리움과 그리움이 만나 애틋한 이별까지도
마주 보아야 한다

거울

마음에 안 들면 욕하고
필요 없어지면 멀리하고

그게 다 제 얼굴인지도 모르고

한 몸

어부가 바다의 배를 갈라 물고기를 꺼내왔다
생선의 배를 가르고 토막을 치면
푸른 바다의 붉은 혈액이 비릿하다
찔러도 피 한 방울 안 날 것 같은 서슬 퍼런
사람도 다치면 아픈 것이라고
마음은 토막 내 읽을 수 없는 것이라고
소금기 가득한 생각으로
내가 쓰고 있는 모자란 인생
당신은 늘 비린내가 난다고 말하며
파도처럼 속을 뒤집었다

세상이 가른 내 영혼의 붉은 피
세상을 가른 나의 칼
생선이 받아 쓴 바다처럼 한 몸인 걸 알겠다

꽃을 들고 오는 계절

내가 당신에게 가고
당신이 나에게 올 때는
슬프다고 말하면 눈물이 많아질 것 같고
아프다고 말하면 상처가 깊어질 것 같으니
새벽이슬로 세수한 숲의 낯빛처럼 푸르고
비 온 후 하늘에 뜬 화사한
무지개다리 놓이면 좋겠습니다

아끼고 아낀 가슴 속 말
할퀴고 꼬집지 않는 다정한 말
눈빛으로도 전해질 말
있는 그대로가 따뜻한 말
풀이가 필요 없는 쉬운 말로
손 맞잡고 등 두드리며 포옹하고 싶어서
오늘의 나쁜 기억 모두 지우고
슬퍼서 한이 되지 않고
아파서 멍들지 않는 사람으로
걸어가려 합니다

하여 사랑하는 사람 앞에 설 때는
날 받아내는 그대 힘겹지 않도록
그대에게 날 보내는 일이
꽃을 들고 오는 계절처럼
설레면 좋겠습니다

종점으로 가는 버스

종점으로 가는 버스를 타고 출근하면
나의 마지막은 곧 누군가의 시작
길이 길을 내는 저 종점에서
세월은 또 그리운 이 기다리는 나처럼
조용히 흐르고 있을 테다
길이 길을 내도 더 갈 수 없을 때
나는 나를 버리고
아주 버리고 가기 위해 오늘 아프다
서러운 것이 우물에 고여 흐리고
떠날 것을 준비하는 사람 두레박을 던져
우물이 마를 때 꽃들 더는 피지 않겠지만
지금 나는 행복하다

종점에서 버스를 타고 가는 퇴근길
강으로 회귀하는 연어처럼
자궁을 비우고 머리카락 하나둘 빠지면
쓸쓸한 이생 다 걷어차고
나는 아픈 나를 버리고 아주 다 버리고
끝도 없는 길마저 버리고 영영 저물 테다

김치 국밥

식솔이 많은 예나
식솔이 적은 지금이나
김치 하나면 밥 한 그릇 비우는 입맛
멸치 육수에 김치 숭덩숭덩 썰어 넣고
마늘 대파 한 줌이면
찬밥이 남은 날에
손님이 찾아와도 걱정 없겠네

십일월

털갈이하는 나무들 머리카락 수북 쌓인 한 길에서
무슨 생각에 젖는지 바람도 스산타

삶은 가장자리부터 헤진다
빗금 그으며 옛일 하나씩 지워지고
휑한 가슴 드러날 무렵 바라본 서로의 알몸

가난할 때 마음은 더 잘 보인다

젊음은 누구에게나 지나가 버리는 붙들 수 없는 아쉬움
들불처럼 푸른 잎 태우고 가을은 왔다

이제 벗은 몸으로 우리 무엇을 부끄러워하랴
다만 젖은 눈으로 아픈 기억을 씻고
서로를 들여다볼 뿐

하룻밤 꿈처럼 생이 지나가는 숲에
조용히 서 있으면
함께 늙어감이 그지없이 고맙다

먼 데서 이른 눈 내린다
먼 데서 오던 눈이 예까지 날아온다
성성한 이마 위로 흰머리 올려주고 계신다

피아노 맨

당신이 나를 두드리는 저녁
콩나물이 자란다
덮어둔 보자기를 걷고 항아리에서
한 움큼 뽑아 올린 비린 것
손가락이 움직일 때마다 총총 가슴에 발을 내리지

조용히 한 가슴 열어 물결치는 멜로디
숨 막히고 눈물 나는 이 주책

꽃이 피었어
가시 돋는 장미가
너무 아름다운 것은 아픈 몸을 하고 있지
슬픔도 지나가면 찬란한 옛일
가사를 입힌 당신이 고이고 있어
슬쩍 지나가도 선명하게 남을 생채기가 될 테지만
들었다 놨다
내 마음에 오선을 긋고 콩나물이 끓는다

나는 발레리나

춤을 춰

피어오르는 수증기 사이로 번지는 아스파라긴산

삶에 취한 하루를 해장하며

서서히 긴장이 이완되고

틀어진 골반을 맞추며

별들은 제자리를 찾아가는지 밤은 더 깊어가고

절반의 세계

늙어 가는 시인이 있다
새로 한 다짐 다지지 못하고 주름 더 꾸깃꾸깃해진다
옹이 진 마음 메우기에는
너무 깊은 음각 새겨진
지우개 잃어버려 침으로 지우려는 그림 같다
얼굴과 다른 말을 하고 행동과 다른 글을 쓰고
얼룩이 번져 뭉개진 가슴 위로 기름이 뜬다
고치지 못한 습관 옛날에 붙들려
세상을 탈출하지 못하고 있다
새로 간 유리창에 성에가 끼어 밖이 흐리다
안쪽도 그만큼 어두워진다
노안 탓이라고 보통 사람처럼 말하려다
그만둔다
빨아내지 못한 노여움 두꺼워진 순간들, 버리려고
날마다 새 종이에 물 길어 붓는다

죽어가는 시인이 있다
영원히 죽지 않기를 바라는
만나지 않을 때 존경스러운 시인이 있다

3부 등푸른생선처럼

으스름

빛나게 살고 싶어
달려가던 길, 숨이 차기도 하였습니다
걸을 때 더 잘 보이는 풍경 두고서
먼 곳만 바라보았더랍니다
가까운 것을 못 보고 지나치면서
먼 곳을 본들
제대로 보고 산다 할 수 있을지요

지나고 보니 모두 서투름이었고
조급한 마음이었습니다
빛나지 않아도 삶이 그대로 아름다운 나이로
세월 가만 우리를 데려다 놓았네요
이 고운 세계 넣 놓고 보기로 하였습니다
성글어진 마음속으로
세상이 들어와
노을 지는 서편 함께 바라보도록
생각도 저물도록 두어보는 저녁입니다

사선에 부는 바람

일이 벌어졌다
드디어 일어날 것이 일어나고야 말았다
물 건너 제주도를 손에 넣고 뭍으로 올라와
진해 드림 로드 길에도
낙동강 하굿둑에도 기관총 소리 요란하다
아직 도망 못 간 겨울의 정수리 향해
더는 참지 못하고 총구 겨눈
일사불란 작전 개시하는 나무들
포위망에 갇힌 사람들의 탄성이
산에 들에 낭자하다
누구도 꿍쳐 둔 마음 한 자락 내어주지 않고는
지나칠 수 없는 사선이다
북으로 북으로 진군이다
산 넘고 강 건너 탱크도 장갑차도 못 지나간
좁은 길 거뜬히 헤치고
삽시간에 대지 점령하는
저 울긋불긋한 군사들

반격 한 번 못해 보고 항복하는

전쟁이다. 전쟁

지고도 부끄럽지 않고

총탄에 맞아 죽어도 아름다운 전쟁이다

천지가 화염에 휩싸인 계절

곧 푸른 날 끌고 오려고

처절하게 목숨 버리는 것들이 있다

바람 들어 삽니다

바람이 났냐고요
어찌 아셨나요
들키고 말았군요
그렇습니다. 다정하고 자상한 당신 미소에
나는 신바람이 납니다
무에 든 바람처럼
힘든 날 없지 않지만 그래서
말랑해질 수 있으니 얼마든 바람 들어 살렵니다

바람 없는 곳 어디일까요
꽃 한 송이 얼굴에도 바람의 살결 그려져 있고
물결의 피부에도 바람이 수 놓고 있습니다
나는 아프고 고통스러운 일로부터
달려 나와 사랑 일깨워 준 사람들에게
바람 들여놓고 삽니다

바람이 붑니다
나도 그렇게 누구에게 불어가려고
뒤숭숭합니다

내 안에도 그대 안에도 있는 바람이
눈웃음으로 만나 가슴으로 번지는 날들
바람든 것들의 황홀한 삶의 춤사위에
마음이 가만히 노닙니다

모르는 사람을 만나

누군가를 위해 비워 둔 길목이 있을 때
모르는 사람이 아프다
모르는 사람을 만나고 돌아와
혼자 우는 밤
푸른 슬픔이 강물 되어 흐르고
꿈에서라도 아는 사람이 되어
그와 술을 마신다

누군가를 위해 비워 둔 마음이 있을 때
모르는 사람이 그립다
그와 남몰래 평생 나누던 밀어
산새 울고 푹푹 눈 쌓이는 밤
내 젖은 여자를 들여 사랑하고
하룻밤 작부라도 되어 그를 쓰다듬고 싶다

보일러

번개탄에 구운 고기 먹으며
몸에 나쁘다며 탄 고기 한쪽으로 제쳐두는
지인의 만류에도
나는 자꾸 그 탄 것에 손이 간다

새집으로 이사와 위아래 두 번 탄다던
보일러를 7년 만에 바꾸고도 시원찮던
방바닥은 무엇을 태우고 있었을까

평생 아래위 수천수만 번 타고도
아직 절절 끓는
태운 애 또 태우며 새까맣게 탄 몸 덜덜거려도
아프다 말 없는 보일러도 있다

문득 고기 먹다가 어미가 그립다
밀쳐둔 탄 고기에 붙은 한 점 성한 살
자식 입에 골라 넣어주며
사람 만드는 일에 바치던 꺼지지 않는 불꽃
무엇도 다 식힐 수 없던

동백 건설

푸른 것 작별 고한 황량한 시간
등 쓸쓸한 것들끼리 남아 서서히 무너질 때
얼어 터진 맨손으로 마음 다진
따뜻한 눈빛으로 허공을 설계하는 저 여인
떠나간 것들 돌아올 고향이 되게 하려고
그리움 측량하고 있다

윤기 없이 갈라진 머릿결로 서 있는 겨울
메마른 이마에 환한 웃음 문패 내다 걸고
초록 울타리 기둥 세우면
누구라도 한 며칠 묵어가고 싶지 않으랴

가을도 문 닫고 들어앉은
아무도 제 씨방 열지 않고 안으로만 여민 시간
홀로 빗장 풀어 먼 데서 오고 있을 봄 마중으로
눈보라 치는 계절 한가운데
저고리 끝동 잘라 만든 깃발 올리고
푸른 심장 꺼내 밝힌 홍등

모두 길 잃지 말고 찾아오라고

사람의 마을, 을씨년스러운 회색 도시 한편

서둘러

저 혼자 풍경을 건설하는 꽃집 한 채 있다

욕망하는 인간

대체로
무료한 삶에 어떤 힘을 보태는 것은
아주 통속한 욕망에서 비롯된다
내가 가지지 못한 것에 대한
가지고 있어도 남보다 덜 가진 것에 대한
끝없는 탐욕과
이미 지닌 것조차
가차 없이 버리기를 주저하지 않는 야멸찬

성찰과 해탈은
상처와 고뇌로부터 달아나고자 하는 욕구이고
예술은 천천히 녹여 먹는 욕망의 다른 이름
벌거벗은 영혼에 걸친 가장 사치스러운 옷이다
그러므로 어찌 욕망을 향하여 걸어가는 자를
삿대질하겠느냐
사는 동안, 이 무한 질주에서 우리는 내리지 못한다

방향이 다를 뿐
실은 나도
모두가 욕망하는 욕망을 욕망하지 않으려는
욕망덩어리에 불과한 것이다

아주 오래 흐른 뒤

유유히 흐르는 것처럼 보여도 늘 뒤채는 강이 있다
뜸 들일 밥을 골고루 섞어주듯이
살아 있는 밥알을 위하여 강물은 몸 뒤척인다

나는 아주 오래 함께 흐른 뒤 사람과 친해질 것이다
지금 여기에 있는 사람과
지금 여기에 있는 내가
살아가진 이름의 전부일 리 없다
잠깐 섞인 물, 끼리끼리 머물러 무엇하리
좀 더 많이 좀 더 깊이 사람을 뒤채리라
겪어서 아프고 힘든 그 모든 날에 있을 우리
무용한 것들이 드나든 물길 사이에서
마음 건져 올리리라.

무심하게 눈길 주며 나란히 나아간 하구
철새의 목 축여주고 발목 씻어주는
차가워 보여도 따스한 강이 있다
아주 오래 흐른 가슴으로만 바다가 고여오듯

설거지

태풍 휩쓸고 간 지 며칠
깊게 팬 웅덩이에 주둥이 박은
누군가의 침 묻은 빨대 하나
흙탕물 빨아 마시며 쳐다보고 있다
물에 젖은 집기들 쓰레기차에 실어 보내고
망연자실 문턱에 걸터앉은 박 씨,

하늘 한 번 오지게 맑다

포장마차 툇마루*에 앉아

기차는 오는데 기다리는 사람은 오지 않고
약속하고 올 사람도 없는데
손님을 기다리는 늙은 시인의 아내처럼
나도 늙어간다
삶이 쓸수록 술이 달다는 것이
이제는 이상하지도 않아서
오랜 친구처럼 놓고 마주 앉아
빈 병에 든 바람처럼 우우 울어보는 것인데
포장이 안 되는 마음을 여기 두고
나도 기적을 울리며 떠나야 할 것인가
연탄불에 지글지글 돼지고기 한 점
순식간에 시간을 태우고 익어가는데
나는 아직 오지 않은 누가 올 것 같아
일어서지 못하고
기차는 떠나는데 나는 내 마음 하나
태워 보내지 못하고
어느새 관음증 환자처럼
옆 사람의 이야기만 엿듣고 있다

석쇠를 뒤집는 여 주인장의 빠른 손놀림이
그래도 자꾸만 외로워지는 나를 돌려 눕혀 굽는다

* 부산역 좌측에 위치한 포장마차, 올 봄 화제로 소실됨

몸에 없는 것이 아프다

비탈길 수레를 밀고 가는 노인이 죽고 없는 아버지 같다
뒤를 슬쩍 밀어주면 한 발 밀어 올릴 때마다
뒤로 약간씩 밀리던 희망, 행복의 집 살던 여섯 살 난
눈먼 희영에게서 꽃보다 진하게 피어나던 젖내가,
가슴에 자식 봉분 세운 신 노인의 서글픈 넋두리가,
없는 다리가 아파 꿈에서도 신음하는 상이용사 전 씨의
서늘한 가위눌림이, 또한 그랬듯이
손대지 않고 안아보았던 도처에 널린 슬픔
사람 있는 그 어디를 디뎌도 내 발이 더 깊이 빠져
꼴 배던 바짓가랑이처럼 남모르게 푸른 물 들어 있다
낮과 밤을 가리지 않고 없는 것이 욱신거리는 불치병
헐어버린 마음에 돋던 부스럼
몸에 없는 것이 아플 땐 쉽게 딱지가 앉지 않는다
진단서를 끊을 수 없는 치유 불가능한 병명들
스펀지처럼 가슴에 먹먹하고 눅눅하다

우리 세 들어 한 나무에 돋던 잎사귀였던가
낙엽 한 닢 진다
철렁 허공이 내려앉는다

아홉산

회동 수원지 옆 만평 대숲 길 따라
등산 가는데
대쪽같은 나무 바람에 흔들리며 서 있다
숨 고르며 운동 삼아 오르는 산
열두 고개 더 너머 있을 끄트머리
한 평 명당 거기 가는 길도
마음 하나 잘 이끌면 그리 험하지는 않겠다
돌아보니 안 가 본 길보다
지나온 길 더 아름답다

* 부산 기장군 철마면에 위치한 산

멍에

고통의 계약서를 썼어요
왜 그랬나 나도 몰라요
지은 죄가 많은 탓이라고 하더군요
기억에 없는 거래를 하고도
이생에 입주해 산다는 건
축복이란 말을 믿으려 애써요

고통을 저축하러 고객님들이 와요
마음을 대출해 가고 돌려주지 않는 경우가 많죠
나는 심약한지 등푸른생선처럼 멍이 자주 들죠

일방적으로 해지되는 계약은 아찔했죠
옆 가지에서 떨어지는 낙엽을 자주 목격했어요
내 일이라면 얼마나 소름 돋는 일일까요
실감 나는 현실에 진저리치고 안도해요
시간이 해결해 줄 거라 하기도 해요
참말이기도 거짓말이기도 해요

분노에 찬물을 끼얹는 동료들을 보면서
내 일이 아니니 아무렇지 않다고 생각해 보기로 해요
적당히 슬퍼하고 잊어버리면 된다고
구름은 저 혼자 흘러요

이런 세상에 그래도 잘 계신가요 그대
즐거운 근로가 아직 남았다고 좋아한다면
그래요. 그나마 다행이라 해두죠
근질근질한 입을 오래 닫고 여는 법을 지우니
차라리 많이 버린 내가 세상을 조금 편하게 대하네요
돌아보면 떠나온 지가 한참인데 남은 시간이 얼마 없네요

마감을 서두르는 발걸음들이 햇살을
갈아엎어요
퇴근 준비해야겠네요
조퇴한 사람들이 들어간 저녁의 문을 열고
나도 쉬고 싶어졌거든요

배 타러 간다

새벽빛 꿰고 헌 물 박음질하는 사람들
배 타러 간다
이 바가지 물바가지 슬근슬근 배 타러 간다*
물은 갈라도 갈라도 닫히는 문
베어도 베어도 아무는 피부
신이 엎어 놓은 넓고 푸른 박
따도 따도 흔적 남지 않는 창고
좌르르, 남몰래 숨겨둔 금은보화 소리 흐른다

어머니 소금을 일고 있으시다
일렁일렁 물질하신다
나는 세월에 돛을 달고 물길 따라간다
슬근슬근 배 타러 간다
이 바가지 복 바가지 따뜻한 가슴 내어 주시는
그것은 목마름에 물려주는 물의 젖꼭지
보답 없이 마음 낳아줄 마르지 않는 바다
일평생 태중에 계신다

배 타러 간다
배 타러 간다
슬근슬근 배 타러 간다

* 흥부가에서 인용

걸어온 길, 나무

목공소 앞 버려진 목재의 몸을 가만 본다
둥근 몸 일부가 반듯하게 잘려 나가고
살았을 적 실핏줄이 군데군데 물무늬로 남았다
두런두런 지난 세월 담아온 손금 선명하다

등껍질 벗겨낸 자리
새벽 도요 따듯한 가슴 비벼져 있고
숨어 잔 매미 숨결 그려져 있고
지하 더듬던 뿌리의 수정체도 거기 있다

속을 내보인 나무가 마주 나를 본다
이마에 눈가에 손등에
쭈글쭈글 주름 잡힌 내게 온 것들
맡겨 놓고 간 흔적까지
수식어 없는 서술로 새겨진다
나무와 나 사이 부드러운 바람 흐른다

살아온 길은 모두 물 밭
누구에게나 이랑을 터놓았다
골을 따라 가보면 우리 만났던
찬란한 한 시절도 기억의 우듬지에 있다
서로에게서 떠나온 만큼 돌아가려는
물길이 몸을 끌어당기고 있다

꿈

죽어 다시 태어난다면 무엇이 되고 싶으냐 시던
어떤 시인은
깊은 바닷속 향유고래가 되고 싶다셨지

그 말 너무 근사하고 자유로워 보여서
나도 무엇이 되어 태어날까 꿈을 가져 보려는데
이생의 기쁨과 행복조차
고달픈 날 뒤에 온 것이 두렵기도 하고
다시 태어나도 나는 아무래도 사람이 좋아서
이미 사람으로 살아는 보아서
달리 무엇으로 태어나고 싶은 생각 떠오르지 않고
가만 눈 감고 있자 하니

잠이 가장 편하던 내게도 꿈은 있긴 있었네
이대로 생을 마치면
어디에서도 찾을 수 없는
아무것으로도 존재하고 싶지 않은
지금도 아무것도 아니면서 더 아무것도 아닌
아주 원대한 꿈 겁 없이 꾸고 있었네

4부 꽃 숨소리

살구꽃 질 때

집 한 칸 없던 사람
죽어서도 누일 방 없다

공원묘지 비석마다 새겨진 묘비명
바람에 대신 새겨놓고
홀연히 떠나간 망자의 입주를
하나님께 부탁해 본다

뜻이 땅에서 이루지 못하였어도
하늘에서는 이루어지게 하소서
뼈 하나 묻을 항아리 없어도
허공에 날리는 꽃잎 하나
햇살의 집에 들어 너르게 살게 하소서

봄날에 듣는
온 바람 속 세 드는 꽃 숨소리

식물인간

도감에도 없는 식물이 있다
죽은 것도 산 것도 아닌
안으로 눈 뜨고 나아가지 못하는 바깥
물오르지 않는 나무는 서서히 화석이 될 뿐

내가 아는 여자는 바람을 피우고서 물올랐다고,
미소가 떠나지 않아 꽃이 핀 것도 같았다
작은 흔들림에 못 견뎌 떨어질 꽃을 달고 좋아했다
봄이 가고 자주 울었다
진 꽃잎 그녀의 겨드랑이에 끼워 주었다
오래 두면 고약한 냄새가 날까
향기가 날까
발효의 과학은 시간의 것

더 자라지 않는 식물은 사람을 놓았다
사랑도 놓고 미움도 놓았다
아무것도 움켜쥘 것이 없다

최소한의 공기만으로 잡고 있는 끈
스스로 자르지 못한다
무의식 속에도 길은 나 있다
지워야 할 것을 꿈 밖의 그녀에게 일러두려고

아무도 모르게 의식이 돌아오기도 했다
표본으로만 존재하는 잎맥 선명한 식물이
검은 숲에 기진해 있다

눈이 자란다

냉장실에 넣어 둔 감자에 싹 돋는 줄 몰랐다
그것이 악착같이 살려고 오른 독기인 줄 몰랐다
버릴까 하다 몇 조각으로 나눠 심은 밭 귀퉁이
김매러 간 내 귀 간지럽히는 발가락 꼼지락거리는 소리
흙냄새 품은 바람에 섞여 들녘에 퍼진다
둘러보니 막 올라 온 봄풀 사이 싹이 튼다
눈 맞은 사람처럼 입가에 번지는 미소
이 순간 눈은 바라보기 위한 것이 아니라
먼 누군가를 당겨 앉기 위해 자라는 더듬이
서로를 쓸어안는 포옹
초록이 왜 그 끝에서 짙어지고
가슴은 왜 깊은 곳에서 열리는지 알겠다

슬쩍

마음에 드는 것이 생기면
참지 못하는 버릇이 생겼다
오늘 아침엔 옛날이 보내온 소포를 뜯어
유년의 기억 속에 살던
그때는 무심하게 지나친
친구의 마음을 슬쩍해 왔다
달고나 한 국자를 끓여 엎어 두고
찍어 놓은 그림을 조심스레 떼는데

성공한 것처럼 맛있었다
내 눈은 풍경에 약했고
내 코는 향기에 예민했으며
내 귀는 음악에 쉽게 넘어갔으므로
손을 허리춤에 감추고도 가능한 도벽이었다
제일 참기 힘든 것은
누군가의 슬픔이나 아픔이 가슴에
배달되었을 때다
허락 없이 가지고도 혼나는 법은 없었다

무정리

버스를 놓친 아침 생각도 놓아버린 사람처럼
동요 없이 바라보는 한산한 거리
세상 안에서 나는 세상이 멀다

의문을 쓴 행인 몇 힐끔 던지는 이상한 눈빛
우산 속에 가리며 행선지가 다른 곳으로 떠나고

남겨진 것에
어떤 바람 한 점 더는 어제 추억 데려다가
가슴에 고인 그리움 일렁이게 하지 못한다

간절하게 맞닿아 전해지던 지난 시절 인연
이제 어느 먼 이야기로
쓸쓸한 소설 마지막 장 무심히 덮고 있는데

유정한 것이 자취 감춘 지나간 모든 곳에
빈틈없는 무정이 들어차 정물처럼 멈춰 있다

지금 내가 서 있는 곳은
아무도 마음에 들이지 않은 길
세상이 저 혼자 흘러가는 것처럼
내 안쪽 고요에 미치지 못하고 멀어진다

건너편 막 봄볕 드는 그늘로
새벽 비에 젖은 꽃은 거부 없이 지고

밑줄 긋기

소설을 읽다가 밑줄 친 기억이 있다
무엇엔가 밑줄 긋는다는 것
다시 한번 새기고 싶고 그곳에
마음 묻고 싶은 것이 있다는 뜻

인터넷 관련 검색어를 찾다가 발견한
격한 공감의 문장들처럼 그렇게
우리가 찾던 일맥상통의 감정은
내가 어느 날 바람이 너의 손길 같다고 말하고
달빛이 너의 체온 같다고 말하고
꽃이 너의 웃음 같다고 말하는 밑줄 긋기

이 밤 내 쓸쓸한 눈을 들어
같은 하늘 아래 먼 어디서 아플 네 생각으로
나도 같이 아파야
그래야
쫙 그은 밑줄로 너를 새겨 넣고
너에게 가 닿고

난 나이지만 더러 네가 되고픈 나라서
이렇게 눈빛으로 그어야
가슴으로 그어야
너의 웃음 너의 울음에 나도 웃고 울어야

새를 묻었습니다

밤사이 내려간 기온 탓인지 출근길 현관 앞
작은 새 한 마리 죽음으로 맞이합니다
너는 살아 있느냐 묻고 있네요
날개 달린 것은 언젠가 추락한다던 말이
비단 작은 새에 국한된 말은 아니어서
목숨 다해가는 가녀린 날개 파르르 떨립니다
머지않았으나 멀게 느껴지는 추락의 어디쯤
우리 아슬한 집 짓고 살지요
현재는 지금이라고 말하는 순간 이미 과거

순식간에
미래도 잠깐 사이 과거에 발 포개고 말겠지요

새를 묻었습니다. 아무렇게나 버려둘 수 없어
양지바른 땅에 묻었습니다
가는 길 먼 안녕을 빌고 싶은 것이나 언젠가
막 내릴 이생처럼 남은 몸 풍화할 것입니다

그러므로 우리의 유전자는 바람이었겠어요

생각하면 모두 돌아갈 곳은

고드름

애써 지은 몸 허무는 이를 보았다
흐르는 눈물은 비우기 위한 몸짓
제 눈물로 몸 하나 씻고 가벼워진 영혼을 보았다
너와 내가 어느 날 하나로 단단히 엮였다가
서로를 놓아준 기억도
사랑과 이별은 그렇게 완벽하게 한 몸이었지
이별하였기로 어찌 사랑의 끝이랴
어느 하늘 어느 강에 선들
우리 다시 물처럼 만나 서로를 입지 못하랴
먼 데서 찬 바람 불면
세상의 끝을 돌아
시린 것들은 시린 것들을 부둥켜안고
울 것이다
그 울음으로 하나가 될 것이다
창밖 나뭇가지에 눈이 쌓인다
햇살 들면 또 애써 가진 마음 놓는 이가 있겠다
새로이 새로이 마음을 씻고
서로에게 돌아오는 새는
이별을 두려워하지 않는다

희망 사항

네가 나의 처음이지만 마지막일 리 없고
내가 너의 마지막이지만 처음일 리 없다

나 또한 그럴 리 없다 해도
그래도 우리 서로에게 처음과 끝이
다르지 않은 사람은 될 수 있지 않으랴

원작이 궁금한가요

파란을 파랗게 일으키던 하늘 아래
생은 골짜기 여럿 만드는 일이었지요

당신도 그 골짜기 중 하나였음을 모르시겠죠
때로 아주 메마른 바닥을 보이기도 했던
올려다보며 흐르지 않던 물길이었죠

무엇을 읽으셨나요
지어낸 이야기도 아닌데
당신의 비평은 늘 원작과 동떨어져 있어요

직접 경험하지 못해 주석을 달고
해석이 불가피한 문장이 셀 수도 없겠지만
페이지를 찢어 삼킨 듯 독설이 쏟아질 땐
너무하다 싶기도 했어요

각색이 진실의 바탕 위에 이루어지려면 딱 하나
그것만은 알아줘요
당신이 그토록 절규하듯 간절히 말하고 싶은
당신의 이야기와 별반 다르지 않다는 걸

외도

그에게는 풀어 줄 개가 많다
목줄을 매어 두면 죽고 마는 개
짖을 줄 모르고 부빌 줄만 아는 개
짐승보다 사람을 좋아하는 개
아내 허락 없이 한 마리씩 앞세우고 나가
혼자 돌아온다

달포 전 지하철역 노숙인에게 풀어준 개는
차가운 바닥에 앉은 시린 발 핥아주고
나흘 전 홀몸 노인에게 풀어준 개는
처진 어깨와 등 꼭 안아주고 있다
오늘은 가출 소녀의 목에 개를 둘러주고
돌아와 혼자 웃는다

그에게는
돌아오지 않아도 키워 보내고 싶은 개가 있다
안식구가 뭐라 해도
하루하루 지켜주고 싶은 애인들이 있다
남에게 줄 개를 키우는 사람은
용서받지 않아도 행복하다

연탄

내 몸 어딘가 새는 곳이 있어
불을 때야 덜 시린 뼈가 있어

어느 날엔 내가
어느 날엔 네가
가능한 한 몸을 바싹 붙이고
열기를 옮기는 밑불이 되어 주기로

검댕을 묻히며
가능한 한 찬찬히 서로를 들여다보는 거야
뚫어진 곳은 뚫어져라. 바라만 봐도
매워지는 구멍이기도 해

불구덩이 속으로 같이 들어갈 용기로
구멍을 맞출 때
겨울도 따뜻한 궁둥이를 붙이지

칼

세상은 내게 칼 하나 품고 살게 했다
언젠가 뽑아 쓰라고 날마다 날카롭게 갈아
칼집에 넣어 주었다
언젠가 요긴하게 쓰일 방어용 무기일 거라
가슴 깊이 꽂아 두었다
살면서 위협 느끼는 일 다반사여서
칼 뽑을까 망설인 적 여러 번
설치는 상대 급소 찌를 최적의 순간
조용하고 낮은 포복으로 기다렸다

인내는 시퍼렇게 벼린 칼날에 깃든
독기도 무디게 한다
세월은 예민한 감정 살살 구슬려 둥글려 놓는
재주가 있었다
언제부턴가 품고 있던 칼 거추장스럽고
무겁게 느껴지고
퍽 오래된 소용에 닿지 않는 물건은
버리는 게 상책이라 생각했다

손잡이 잡고 힘껏 뽑아본다
누가 꺼내 갔나 칼이 사라졌다
막상 텅 빈 칼집을 보고 오히려 안도한다
내 생 다녀간 그대들 다 갈아쓰고 갔나 보다

한 살의 아버지

언제나 한 손이 허전하다

아이의 손을 양쪽에서 꼭 붙들고 그네 태우는 가족을 보며
한쪽 끈 뚝 떨어진 그네를 잡고 나는 슬픔을 태우고 있다
목을 가누고 허리를 세우고 배밀이를 하고 걸음마를 떼고
성큼성큼 세월을 앞세워 내 나이 쉰이 넘어갔는데

여전히 앨범 속 사진 한 장
군복 입은 아버지
왜 거기서 그러고 있나요
이제 막 뭔가를 붙잡고 일어선 아이처럼
내게 발걸음 떼지 않고 멈춰서 있다
엄마 아빠 불러보라고 아가에게 했던 것처럼
눈을 맞추고 반복해 내 이름 외고 외도
따라 불러주길 기다리는 타는 맘 아랑곳없이
끝내
한마디 옹알이도 하지 않는

절대로 절대로 더 자라지 않는 사람

오아시스

봄이라 하지만 꽃 피지 않으면 삭막할 세상
추운 시간 견디고 지나온 겨울은 꽃의 오지다
우리도 어느 시절 오지게 당하고 살았으나
막막한 현실에도 오지를 걸어 나올 의지 하나
이정표로 세우고 포기하지 않았기에 좋은 날도 있다
너와 나는 모래바람 길 덮고 앞 가려도
어딘가 있을 오아시스에 대한 열망으로
제 기름 태워 걷는 낙타

사방이 적이고 벽이어도
사람이 사람에게 오지가 되어서는 안 될 일이지
가뭄에 단비 오듯 간절한 마음 끝에 내릴 일이지
모래알 사이 섞여 있는 사금파리로
우리는 그렇게
숨어서도 반짝이다가 서로를 만날 일이지

복사꽃 완성하기

습자지에 곱게 펴서 눌러 말린 압화
살아서도 곱고 죽어서도 곱구나
살아 다 못 내놓은
안으로 말아 접은 은근한 마음 펼친 꽃잎
가문 날 척척히 적시는 그리움

햇볕 반대편 계절 다 저문 집에 가서
나이테 허문 문지방 사이에 두고
안부로 적은 수어
바람 불면 파르르 떨리는 그것을
여린 입술이라 불러본다

나는 마음 벙벙하여
몸 바꾼 나뭇결 따라 겹쳐진 여리고 순한 기억
너를 찍어 내 영혼에 완전히 눌러서 붙이고

바람 살랑 거니는 마당에 당도한
달그림자 반가워
왈칵 문고리 열고 달려 나간다

만나야 할 것은 경계가 있어도 만나

이승과 저승 자유로이 넘나드는
마른 꽃향기 스미는 십일월
죽음이 인화해 낸 삶이 그윽, 그윽도 해서

손뼉

목마른 세상에 비 내립니다
하나님의 은혜 같은 더운 눈물과
대지의 자식 같은 나무 잎사귀 손뼉 칩니다
먼 것들이 너무 멀었던 것들이
무엇보다 가까워지는 순간입니다
마주 본다는 것은 마음 선한 그대와 하는 포옹
혹은 스치는 당신과 내가 나눈 다정한 눈인사
짧지만 긴 여운으로 남아 새겨지고
실로 이런 다가섬이 이루어지는 일이라 생각해봅니다
살 스치거나 몸 비비는 촉감으로 전해지는
서로의 타액을 나누는 딥 키스
보이지 않는 마음의 성분이 분비되는 행위 말입니다
어쩌면 통속하다는 것은 통한다는 말이기에
나는 좀 더 통속해져도 나쁘지 않으리라 여겨보는 것
그대가 거든 손으로 세상을 들어 올리는 힘 얻어봅니다
그리하여 어떤 어미의 기도가 되고
어떤 이의 응원가도 되고 불붙어 환해지리라, 이 밤엔
별과 달도 내려와 내 창에 손바닥 내밀고 있습니다
어둠 가득한 실내에 퍼지는 손뼉 소리
짝짝 내 마음 아귀를 맞추려 맞장구치고 있습니다

희망과 따스함의 젊은 시인 안미숙

윤임수 시인

안미숙은 "젊은 시인"이다. 어린 시절부터 "젊은시" 동인으로 문단 활동을 해서가 아니라 나이 오십이 넘은 지금도 좋은 사람을 만나면 "가슴에 서슴없이 난을 치"(「좋은 사람」)는 사람이기에 그렇다. 기꺼이 "휘어지는 쪽으로 꽃"(같은 시)을 피울 줄 알기에 더욱 그렇다.

"젊은시" 동인으로 우리가 만난 것은 1990년대 초반이었다. 그렇게 말하고 보니 벌써 삼십 년이라는 세월이 그야말로 훌쩍 지났다. 그때 우리는 김영승, 원희석 등 선배 시인들의 주선과 알선으로 전국 단위의 "젊은시" 동인을 결성했고, 부산과 광주, 대전, 인천, 서울 등지에서 패기에 찬 시작 활동을 시작했다. 전국 단위 조직이기는 했지만 각 지역별 모임에 무게 중심을 둔 우리는 이른바 "부산 젊은시", "대전 젊은시"등으로 지역에서의 젊은 문학 활동에 힘을 기울이면서 전국 "젊은시" 모임을 통해 보다 넓은 문학을 추구했다. 당시 문학에 대한 열정이 가득했던 우리는 각 지역별로 동인시집을 엮고 시화전을 하고 광주와 대전, 대전과 부산 등을 오가면서 우리의 소중한 문학을 키워나갔다. 그때 부산의 을숙도에서 만난 그는 대부분 젊은 나이의 "젊은시" 동인 중에서도 젊은이였다. 나이만 젊은 것이 아니고 사람의 마을에 관심을 두면서 사람과 사람 사이를 소중하게 엮는, 생각도 한창 젊은이였다. 그런 그이기에 자신은 비록 비에 젖을 지라도 기꺼이 타인의 우산이 되어 웃는 모습으로 우리에게 다가왔다.

누가 가져가기 전 나는 어둡다
갈비뼈 접고 늑골 가득 채운 외로움
다다를 수 없는 그리움이 커간다

나를 가져다 쓴
머리 젖는 사람에게
사람 힘으로 어찌 못 할 일 생겨도
손 꼭 잡은 온기만큼 빗물 받쳐주고 싶다

내 안에 든 그가 상쾌하게 말라 있으면
내 젖어 있어도 횡격막 들어 올리고
따뜻한 숨 이어갈 수 있으리
지금은 아무도 찾지 않는 혼자만의 시간
숨 꾹 참고 검은 안개 속을 건너간다

누가 날 필요로 할 그날
웅크린 마음 펼칠 생각에
실비에도 나는 활짝 웃겠다
　　　　　　　　　- 「우산」 전문

"내 안에 든 그가 상쾌하게 말라 있으면" "따뜻한 숨 이어
갈 수 있으리"라고 말하는 화자의 소망과, "누가 날 필요로
할 그날/웅크린 마음 펼칠 생각에/실비에도 나는 활짝 웃겠
다"라는 화자의 마음을 읽으면서 어느 누가 밝게 웃지 않을
수 있을까. 나는 시인의 시를 통해 너와 내가 만나서 기꺼
운 우리가 되는 젊은 삶의 마음을 본다. 물론 "실비에도 활
짝 웃겠다"라는 것은 아주 조금 내리는 비에도 활짝 펴지는
우산의 모습을 표현한 것이겠지만, 그 표현에 많은 것이 담
겨있음을 안다. '실비'는 아픔일 수도 있고 상처일 수도 있
다. 어려운 일일 수도 있고 무너지는 일일 수도 있다. 그래
도 시인은 누군가 필요한 사람을 위해 "상처 입으며/상처 입
히며 물어갈 수 없는 길 여러 번/끓은 무릎 세워 어둠 헤치
고 간다"(「먼 길」).
　안미숙 시인의 이런 마음은 「꽃을 들고 오는 계절」에서도
잘 나타나고 있다.

아끼고 아낀 가슴 속 말
할퀴고 꼬집지 않는 다정한 말

눈빛으로도 전해질 말

있는 그대로가 따뜻한 말

풀이가 필요 없는 쉬운 말로

손 맞잡고 등 두드리며 포옹하고 싶어서

오늘의 나쁜 기억 모두 지우고

슬퍼서 한이 되지 않고

아파서 멍들지 않는 사람으로

걸어가려 합니다

– 「꽃을 들고 오는 계절」 부분

시를 통해 이미 할 말을 다했는데 무슨 말이 더 필요할까만 내가 이 시를 주목하는 이유는 안미숙 시인의 전반적인 시적 기조를 볼 수 있기 때문이다. 그는 "할퀴고 꼬집지 않는 다정한 말"로 시를 쓰면서, "있는 그대로가 따뜻한 말"로 마음을 표현한다. "풀이가 필요 없는 쉬운 말로" 좀 더 가까이 다가, "손 맞잡고 등 두드리며 포옹하"는 시를 쓰고자 하는 것이다. 그리하여 "오늘의 나쁜 기억 모두 지우고" 또 새로운 내일을 열며, "슬퍼서 한이 되지 않고/아파서 멍들지 않는 사람"의 세상을 꿈꾸는 것이다. 그런 그이기에 지인들에게 보내는 "맑은 봄날입니다. 사월도 건강하게 보내십시오." 등의 진정한 인사가 마음 깊게 자리하며, 삶과 일치하는 건강한 젊은 시인의 모습을 볼 수 있게 되는 것이다.

그렇지만 누구나 그렇듯이 그도 마냥 꿈과 희망에 젖어 있는 것은 아니다. "무슨 사연으로 오십여 일 통곡하는지/어쩌면 나와/또 비슷한 누군가처럼 너무 오래 참은 마음 있는 모양입니다"(「장마를 건너가며」)에서 알 수 있듯이 무언가를 오래 참은 경우도 있는 것이다. 그 참음이 통곡으로 이어지기에 슬픔이나 고통, 아픔이나 괴로움이었음을 우리는 쉽게 짐작할 수 있다. 끝내 통곡할 수밖에 없는 오래 참음 속에서도 그는 자신과 비슷한 또 다른 누군가를 생각한다. 장마를 통해 내 통곡과 타인의 통곡을 생각하며 함께 울면서 슬픔도 나누어야 한다는 마음을 버리지 않는 것이다. 그러면서 "곁에 그대 없어도 두고두고/심해를 휘젓는 한 마리 물고기/살짝 말려둔 비린 바다가/서로의 가슴 속 깊은 곳으로 지느러미 흔들며/언제든 어디서든 헤엄쳐 오는"(「한 마리 물고기」)것처럼 서로의 마음 깊이 다가서고자 하는 모습을 내내 보여주고 있다. 아울러, "한겨울에 눈꽃 피우기도 한다/꽃이라며 우기며 하늘 끌어다 쓴 말/금방 녹을 이름 뱉으며 가슴 뜨겁다"(「멀리서 흔드는 손」)처럼 식지 않는 뜨거운 가슴을 깊이 간직하고자 한다.

이렇듯 (가슴 따뜻하게) 밝은 삶의 모습을 지향하며 시를 쓰는 시인의 두 번째 시집을 대하고 보니 오래전 "젊은시" 동인들이 그리워진다. 부산의 이원규, 대전의 김광선, 정학명, 김영석, 윤석순, 광주의 안애정, 정진화, 인천의 주병률, 서울의 김태형을 비롯하여 지금은 이름도 생각나지 않는 많은 "젊은시"인들이 보고 싶어진다. 어쩌면 안미숙 시인도 그런 마음을 안고 "조용한 어느 저녁/사람들이 낮은 지붕 아래 모여 따뜻한 밥 나눌 때/석양이 물드는"(「두물머리에서」) 두물머리에 서 있었던 것은 아닐까. 거기 가만 서서 그리운 사람들과의 만남을 기다린 것은 아니었을까.

홀로 외롭던 어느 아프고 힘겨운 날에
젊음은 가랑잎처럼 젖어 떨어지고 말아
야위고 초라한 저문 시절이 당도하니
무엇을 꿈꿀까 두렵기도 하겠지마는
그러한 걱정은 잠시 세월에 맡겨두고
편하고 다정한 얼굴로 서로를 보듬어야 한다

머무는 것은 잠시여도 여운은 길게 남는 법
어제는 너무도 빨리 가버렸고
내일은 아니 올지 모른다

더 깊은 밤이 오기 전에
그립다면 만나야 한다
우리 그래야 한다
이제 가만 머리 맞대고 앉아 그리운 서로의 이름
불러주어야 한다
그리움과 그리움이 만나 애틋한 이별까지도
마주 보아야 한다
　　　　　　　　　　　－「두물머리에서」 부분

한편, 안미숙 시인은 청소하는 사람이다. 문단의 사람들을 많이 안다고 할 수는 없지만 문단 안팎을 이십여 년 들락거리며 시인들을 제법 만난 내가 알기로 청소부 시인은 그가 유일하다. 그는 여기저기 쓸고 닦아 윤을 내는 청소부의 일상이 곧 시의 길이라고 말한다. 자신이 세상을 청소하듯이 시는 "치워도 다시 어질러지는/아픈 마음, 못된 마음"(시인의 말)을 쓸고 닦으며 다 받아주는 마음의 청소부 같은 존재인 것이다. 그러나 결국은 시도 시인의 마음인 것. 그는 "나를 여기 버린다"(시인의 말)라고 말하며 시를 통해 정갈한 모습을 갖추며 앞으로의 따스한 날들을 지속적으로 추구하고 있다. 어쩌면 이미 그러한 모습의 날들을 살아왔기에 담담하게 앞으로도 그러할 것이라고 진술하는지도 모르겠다. "극적인 감동은 영화나 소설에만 있지 않아요/볕 좋은 올가을에는 우리 서로를 찬찬히 읽어볼까요/먼데 종소리 가까워질지도 모르잖아요"(「아요!」)라는 구절을 읽다 보면 눈빛 순해지는 볕 좋은 가을날에 보폭과 속도를 맞추어 걸으면서 서로를 좀 더 알아가는 사람들을 떠올리게 된다. 어쩌면 반전에 급반전을 더하는 것보다 그렇게 가만 서로에게 스며드는 삶의 모습들이 진정한 극적 감동이라고 나는 말하고 싶다.

> 종점으로 가는 버스를 타고 출근하면
> 나의 마지막은 곧 누군가의 시작
> 길이 길을 내는 저 종점에서
> 세월은 또 그리운 이 기다리는 나처럼

조용히 흐르고 있을 테다
길이 길을 내도 더 갈 수 없을 때
나는 나를 버리고
아주 버리고 가기 위해 오늘 아프다
서러운 것이 우물에 고여 흐리고
떠날 것을 준비하는 사람 두레박을 던져
우물이 마를 때 꽃들 더는 피지 않겠지만
지금 나는 행복하다
　　　　　　 - 「종점으로 가는 버스」 부분

　극적 반전에 넘어가지 않고 가만 자신의 삶을 추스르며 살아가는 사람은 삶의 종점에서도 흔들리지 않을 것이다. 세월이 흐르는 대로 자신의 길을 가다가 더 갈 수 없을 때 자신마저 미련 없이 버리면 되는 것이다. 그런 욕심내지 않는 정갈한 모습의 삶이기에 지금 화자는 행복한 것이다.

냉장실에 넣어 둔 감자에 싹 돋는 줄 몰랐다
그것이 악착같이 살려고 오른 독기인 줄 몰랐다
버릴까 하다 몇 조각으로 나눠 심은 밭 귀퉁이
김매러 간 내 귀 간지럽히는 발가락 꼼지락거리는 소리
흙냄새 품은 바람에 섞여 들녘에 퍼진다
둘러보니 막 올라 온 봄풀 사이 싹이 튼다
눈 맞은 사람처럼 입가에 번지는 미소
이 순간 눈은 바라보기 위한 것이 아니라
먼 누군가를 당겨 앉기 위해 자라는 더듬이

서로를 쓸어안는 포옹
초록이 왜 그 끝에서 짙어지고
가슴은 왜 깊은 곳에서 열리는지 알겠다
　　　　　　　　　－「눈이 자란다」 전문

　시인에게 꼭 필요한 것이 누군가를, 무엇인가를 향한 뜨거운 가슴이라고 나는 생각한다. 그런 눈으로 볼 때 이 시는 지금까지의 안미숙 시인을 그대로 보여주고 있다. 시인은 냉장고에서 오래된 감자를 발견한다. 오래된 감자는 싹이 돋아 있다. 감자의 싹은 독기가 있어 먹지 못하고 대부분 버리게 된다. 그렇지만 감자 입장에서 싹은 어떻게든 살고자 하는 지난한 몸부림이다. 그런 감자의 마음을 아는 시인이기에 밭 귀퉁이에 심게 되고 땅속에서 삶의 기운을 차리는 것을 느끼며 입가에 미소를 담게 된다. 그때 감자의 눈과 시인의 눈은 서로를 쓸어안으며 포옹하게 되고 가슴이 활짝 열리는 경지에 이르게 된다. 이런 마음은 시인의 "난 나이지만 더러 네가 되고픈 나라서/이렇게 눈빛으로 그어야/진정 가슴으로 그어야/너의 웃음 너의 울음에 나도 웃고 울어야"(「밑줄 긋기」)로 확장되면서 함께 열어가는 우리의 세상을 지향하고 있다.

　안미숙 시인은 예나 지금이나 사람과 사람 사이를 소중하게 엮어가며 진정으로 함께하는 정갈한 세상을 꿈꾸고 있다. 그가 꿈꾸는 세상에 나도 맑은 눈빛을 기꺼이 더하고 싶다. "너와 내가 어느 날 하나로 단단히 엮였다가/서로를 놓

아준 기억도/사랑과 이별은 그렇게 완벽하게 한 몸이었지/
이별하였기로 어찌 사랑의 끝이랴"(「고드름」)와 같이 이별마
저도 사랑으로 승화시킬 수 있는 시인이 나는 듬직하다. 그
의 삶과 시가 내내 희망과 따스함과 정갈함으로 밝게 피어
나기를 빈다.

새를 물었습니다

안미숙 제2시집

2021년 9월 28일 초판 1쇄
2021년 10월 1일 발행
지 은 이 : 안미숙
펴 낸 이 : 김락호
디자인 편집 : 이은희
기 획 : 시사랑음악사랑
연 락 처 : 1899-1341
홈페이지 주소 : www.poemmusic.net
E-Mail : poemarts@hanmail.net

정가 : 10,000원
ISBN : 979-11-6284-311-6